D1421105

DUP VANGT EEN STAART

Henk Joosen

Dup vangt een staart

Met tekeningen van Milja Praagman

DE EENHOORN

CIP-gegevens: Koninklijke Bibliotheek Albert I
© Tekst: Henk Joosen
© Illustraties en omslagtekening: Milja Praagman
Druk: Oranje, Sint-Baafs-Vijve

© 2010 Uitgeverij De Eenhoorn bvba, Vlasstraat 17, B-8710 Wielsbeke

D/2010/6048/56
NUR 282, 283
ISBN 978-90-5838-654-0

De Nederlandse
Kinderjury
2011

www.eenhoorn.be

Oma

'Kom Dup, we gaan naar oma!'

'Mm,' mompelt Dup lui vanaf de bank. Loom draait hij zich om en zakt weer onderuit. Hij wil vandaag eindelijk eens helemaal niks doen... Alleen tv-kijken.

'Du-hup,' klinkt het weer vanuit de slaapkamer. 'Zet dat ding eens uit. We gaan.'

Dup zucht. Even later schuift het ongeduldige hoofd van Dups moeder in beeld.

'Jas aan, treuzelkont. We moeten weg. En veeg je haren eens uit je ogen. Je lijkt wel een baviaan.'

'Ik zie niks meer,' zegt Dup. Snel gaat hij rechtop zitten. 'Ik blijf wel thuis. Dat kan ik best. Ik ben geen baby meer. Ik ben al bijna tien.'

'Maar ik ben misschien de hele dag weg.'

Haastig trekt ze een jas aan en doet haar haren goed voor de spiegel. Ze twijfelt.

'En wat ga je dan eten, straks?'

'Gewoon een boterham met pindakaas of zo. Dat kan ik heus wel.'

5

Even blijft het stil. Mama kijkt op haar horloge.

'Ik ben geen klein kind meer,' klinkt het weer.

Mama doet haar ogen dicht. Dan kan ze beter nadenken.

'Eh... nou goed dan,' zucht ze. 'Maar geen gekke dingen doen, hè! Ik bel je straks nog wel. Als ik er ben.'

Dup knikt.

'Nou, dag hoor,' zegt mama onzeker. 'Kus.'

De voordeur valt dicht. Dup veegt zijn moeders kus weg met zijn mouw.

Eindelijk alleen...

Post

Lekker lui op de bank. Niemand die zich met je bemoeit. Heerlijk!

Dups duim zoekt naar het knopje van de afstandsbediening.

Deze tekenfilm kent hij al. De volgende heeft hij misschien al wel honderd keer gezien. De derde ook al. De ene na de andere zender vliegt voorbij. Eigenlijk is er helemaal niks leuks op tv.

Dan maar niks.

Het is stil in de flat. Nou ja, stil. Als je goed luistert, hoor je toch nog een boel geluiden. De klok tikt. En de buizen van de verwarming ook, af en toe. Een raar getik is dat. Buren dreunen met deuren. En Dup hoort zeker vier honden blaffen. Hij kijkt tussen zijn haren door uit het raam. Beneden stapt de man van de post op zijn fiets. Hij rijdt de straat uit.

Ha, fijn, denkt Dup. Eindelijk wat te doen. Misschien heeft hij wel geheime post gebracht. Of een gevaarlijke brief die niemand mag lezen. Niemand op de hele wereld. Alleen ik, omdat ik toevallig 'geheime-post-en-gevaarlijke-brievendeskundige' ben.

Met het sleuteltje van de brievenbus in zijn hand stapt Dup even later naar buiten. Slim laat hij de voordeur op een kier, want daar heeft hij geen sleutel van. Hij wil straks natuurlijk wel weer binnen kunnen.

Twaalf trappen naar beneden, vierennegentig treden. Halverwege de laatste trap schrikt Dup van de liftdeur die beneden opengaat. Plat drukt hij zich tegen de muur. Het hart klopt hem in de keel. Zachtjes zakt hij door zijn knieën en houdt de adem in. Niemand mag Dup, de geheime brievenophaler zien.

Dan gaat de deur van de lift zuchtend dicht. Snelle voetstappen komen dichterbij. Schoenen piepen en kraken op de tegels.

Dup bijt zijn lip wit en maakt zich nog kleiner. Tussen de spleetjes van zijn ogen ziet hij een man voorbijlopen. Een man met een telefoon tegen zijn oor. Hij heeft een kort staartje en platte, natte haren. 'Daar heb ik niks mee te maken,' zegt de man. 'Je zou me helpen, dus je verzint maar wat. Je bent er over tien minuten. Geen gezeur!'

Als Dup de buitendeur dicht hoort dreunen, springt

hij naar beneden om naar buiten te kijken.

De man met de staart verdwijnt in een groen bestelbusje aan de overkant van de straat. Daar praat hij weer in zijn telefoon. Hij zwaait boos met zijn arm. Wat is dat voor een man? En wat kwam die engerd eigenlijk in het gebouw doen? Daar moet Dup meer van weten.

Hij verstopt zich snel achter een rode auto. Voetje voor voetje sluipt hij tussen twee geparkeerde auto's door. Dan rent hij naar de overkant. Hijgend van spanning staat hij naast de groene auto. Bukken! De staart zit nog steeds te telefoneren. Dup kan hem wel horen, maar niet verstaan. Als een eend waggelt Dup op zijn hurken naar voren. Hij spitst zijn oren. 'Op 139 ben ik bijna klaar en daarna moet ik de bovenste galerij nog hebben. Dus ik *moet* die lijst hebben. Begrepen?'

De bovenste galerij? Daar woon ik! denkt Dup. Wat moet die kerel daar? En wat is dat voor een lijst?

Maar hij heeft geen tijd erover na te denken, want er flitst iets door zijn hoofd. De deur! Hij heeft de voordeur op een kier laten staan. Hij moet als een speer naar binnen!

Telefoon

Oma heeft veel gezichten. Nu heeft ze haar bezorgde gezicht opgezet.

'Moet je niet naar huis voor die kast?' vraagt ze. 'Kwamen ze die vanmiddag niet brengen?'

'Nee, mam. Dat is morgenvroeg pas. Ik heb alles keurig geregeld. Ik ben gisteren al naar de bank geweest. Het geld voor de nieuwe kast zit keurig in een envelop veilig weggeborgen in de slaapkamer.'

'Wat zeg je?' vraagt oma verbaasd. 'Heb je al dat geld in huis liggen? En dat kind... Helemaal alleen thuis met zoveel geld! Trudy toch!'

'Ach ma, maak je niet zo druk. Dup weet er zelf niks van. En wat maakt het uit dat er zoveel geld ligt. Daar gebeurt heus niks mee.'

'Ik zou er niet gerust op zijn,' zegt oma. 'Ik zou geen minuut rust hebben. Ga maar gauw naar huis.'

'Ben je gek. Da's helemaal niet nodig. Dup loopt niet in zeven sloten tegelijk. Hij is al bijna tien. Was je vroeger met mij ook zo voorzichtig?'

11

'Vroeger is anders,' zegt oma. 'Toen jij klein was, reden er nog niet zoveel auto's en...'

'Dup gaat de flat niet uit. Dat weet ik zeker.'

'Je weet nooit wat er kan gebeuren. Je leest tegenwoordig de gekste dingen in de krant.'

'Ja, ma, hou maar op. Je maakt me alleen maar ongerust, terwijl ik voor jou kom zorgen. Ik kan me toch niet in tweeën delen.'

'Gewoon even bellen, dan weet je of het goed gaat,' zegt oma. 'Doe het dan voor mij. Alsjeblieft.'

De grote klok aan de muur tikt de stilte weg.

'Goed dan. Maar eerst zet ik een kopje thee.'

'Ach Trudy, kindje, ik krijg toch geen slok door mijn keel als je niet gebeld hebt. Bel nou maar gewoon.'

Dups moeder loopt naar de telefoon.

'Oude mensen...' zucht ze.

'Wablief?' klinkt het uit de rieten stoel.

'Dat kost allemaal centen,' roept moeder vlug.

Ze toetst het nummer in en wacht.

'Neemt hij niet op?' vraagt oma bezorgd.

'Hij zit op de wc,' stelt moeder oma gerust. 'Of de tv staat hard. Misschien heeft hij zijn koptelefoon op.'

'Ja, ja,' zucht oma.

Wie is daar?

Met snelle passen loopt Dup kromgebogen de straat over. Als een haas rent hij naar het flatgebouw en knalt met zijn schouder tegen de deur om ze open te rammen.

'Au!'

Op slot!

Dup rammelt, duwt en trekt. Boos geeft hij een schop tegen de deur. KRIK! hoort hij achter zich. Geschrokken kijkt Dup om. Het portier van de bestelauto gaat open. Een voet zoekt de grond. Wegwezen! Met een vaart vliegt hij de hoek om. Daar blijft hij staan. Hij hoort hoe de staartvent het portier dichtsmijt. Zijn schoenen komen krakend dichterbij. Voorzichtig steekt Dup zijn hoofd om de hoek. Hij ziet nog net hoe de man naar binnen verdwijnt. Snel, denkt Dup. Misschien is de deur nog open. Hijgend staat hij met de klink in zijn hand. Weer op slot. Dup ziet nog net hoe de staart in de lift verdwijnt.

'Mag ik even?' zegt een stem.

Dup schrikt ervan.

Een man met een lange jas en een koffertje duwt op een knopje naast de deur.

Dit is mijn kans, denkt Dup.

'Meneer, mag ik mee naar binnen?' vraagt hij met zijn allerzieligste piepstemmetje. 'Ik moet naar huis. Ik woon op...'

'Ja?' klinkt een vrouwenstem uit het luidsprekertje in de muur.

'Goedemorgen,' zegt de man en hij stopt snel een kauwgummetje in zijn mond. 'Ik ben Van der Gein, van de verzekering.'

'O ja,' zegt de vrouw terug. 'Komt u maar naar boven, meneer.'

De deuropener zoemt. De verzekeringsman duwt de deur open.

'Alstublieft,' smeekt Dup.

Van der Gein kijkt vragend op.

'Of ik mee mag. Mag het, meneer? Ik woon hier echt.'

De man loopt naar binnen.

'Hm,' bromt hij. 'Ik ken dat smoesje: ik woon hier. Dan ga jij de hele tijd als een jojo met de lift op en

neer. En dan moet ik straks lekker met de trap. Ja, ja!
Wrijf die piekharen maar eens uit je ogen. Dan zie je
dat het lekker weer is. Ga maar fijn buiten spelen,
jochie!'

KNAL! zegt de deur.

'Maar, meneer,' roept Dup nog, maar Van der Gein is
al weg.

Dup is boos. Boos op Van der Gein. Flauwerik dat die
is! Maar wat hij kan, kan ik ook, denkt Dup. Hij drukt
op een knopje. De bel gaat. Maar verder hoort hij
niets. Niet thuis, zeker.

Nog een. Weer niets!

Hij moet naar binnen. En snel!

Dup drukt op het derde knopje. En op het vierde en
vijfde.

'Ja?' hoort hij dan.

Hij schrikt van de kraakstem.

'Wie is daar?' zegt de stem weer.

Nog voordat Dup iets kan zeggen, hoort hij ook een
tweede stem.

'Wablief?'

'Wie is daar?' kraakt de eerste stem ongeduldig.

'Wat is dat nu voor een onzin? Ik ben gewoon thuis.

Jij belt aan!' zegt de tweede stem terug.

'Nu krijgen we het helemaal! Ik bel helemaal niet aan! Jij belt aan! Ik zit hier in mijn eigen huis,' schreeuwt de kraakstem.

'Hallo!' zegt Dup snel. 'Mag ik misschien even iets vragen?'

'Iets vragen?' snauwt weer een nieuwe stem. 'Jullie zijn hartstikke gek met z'n allen!'

'Kom ik daarvoor uit bad?! Heel m'n tapijt kleddernat,' kraakt de eerste stem weer. 'Krijg nou wat! De groeten!'

'Maar ik woon hier!' gilt Dup. 'Ik wil naar binnen. Ik ben Dup. Dup Doeve, van 151!'

'Proficiat ermee!' klinkt het kwaad.

En dan hoort Dup niets meer. Alleen een hoop gekraak.

Hij voelt de tranen prikken. Wat zal zijn moeder boos zijn. En wat gebeurt er als de man met de staart bij Dups huis aankomt? Dan kan hij zomaar naar binnen. Dup moet er niet aan denken!

Hij kijkt naar boven. Daar is zijn deur. Helemaal links op de bovenste rij. Een heel klein voordeurtje. Even knijpt hij zijn ogen tot spleetjes. Ziet hij het goed? Ja hoor, ze is nog open!

'Gelukkig,' zucht hij. 'Er is nog niks aan de ha...'

En dan schrikt Dup zich te pletter. Hij kan zijn ogen niet geloven. De gordijnen! De gordijnen bewegen. Dat betekent... dat er iemand binnen is. Dat moet de man met het staartje zijn! Dup krijgt het er benauwd van. Zijn hersenen werken op volle kracht. Hij moet naar binnen! Maar hoe?

Ongerust

'Waarom heb je hem ook alleen gelaten, Trudy?' Oma knijpt haar lippen tot een dun streepje. 'Ik begrijp jou soms niet. Vroeger kon je soms zo pietlutten. En nu vind je alles maar goed. Dup wil alleen thuisblijven. En jij laat dat zomaar toe. Het is niet te geloven!' Ze schudt haar grijze hoofd.

'Ach, ma, ik hoef hem toch niet overal mee naartoe te slepen. Zo'n jongen heeft toch niets aan een oude oma en een poetsende moeder. Ik weet heus wel wat ik doe, hoor. Ik ben geen kind meer!'

'Maar Dup wel! En ik vertrouw het niet,' zegt oma. Ze staat met een zucht en een kreun op.

'Wat ga je doen?'

Oma sloft naar de telefoon.

'Wie ga je bellen?'

'Dup,' zegt oma. 'Tenminste, dat hoop ik.'

Moeder zegt niets meer. Ze wil geen ruzie. Bovendien begint ze zelf ook ongerust te worden. Had ze hem maar niet alleen gelaten.

Als oma een tijdje met de telefoon tegen haar oor gedrukt staat, kijkt ze Dups moeder aan. Haar droevige ogen blinken in het zonlicht. Dan legt ze hem neer. 'Niks?' vraagt moeder.

'Niks,' fluistert oma met een brok in de keel. Ze schudt het hoofd en staart naar buiten.

Dups moeder slaat een arm om haar heen en fluistert: 'Het is vast niks. Je zult het zien, ma. Het is vast niks.'

Een viesgele broek

Juist als Dup opnieuw op een knopje wil drukken,
hoort hij sleutels in een slot gaan.
De deur van de berging. Natuurlijk, dat is het! Als hij
snel genoeg is, kan hij zo binnenkomen. Rennen!
Dup stuift de hoek om en wil hard roepen, maar plotseling is het alsof een grote hand zijn mond dicht-
knijpt. Hij ziet het achterwiel van een fiets het gebouw
in verdwijnen. De fiets van een man met een viesgele
broek.
Hij kent die broek. Er is maar één man op de hele wereld die zo'n broek draagt: de flatgek. De flatgek
woont op dezelfde verdieping als Dup. Wanneer hij iemand langs ziet lopen, bonkt hij altijd keihard op de
ruiten. Om je dood te schrikken. Of hij zwaait de deur
vlak voor je neus open en gilt met gebalde vuisten on-
verstaanbare woorden.
Dup is als de dood voor de flatgek. Maar nu moet hij
flink zijn. Zo snel mogelijk loopt hij op zijn tenen
langs de muur naar de deur toe. Vlak voor zijn neus

ziet hij de grote schoenen van de flatgek naar binnen sloffen. Dup durft geen adem te halen. De deur kraakt en knalt tegen het spatbord.

'Grwoh!' gromt de man. Hij loopt de schemerige gang in.

Lenig als een kat springt Dup opzij. Snel houdt hij de deur tegen. Net voordat ze in het slot kan vallen. Even blijft hij wachten. Binnen knalt een deur dicht. Holle voetstappen verdwijnen. Dan hoort hij niets meer.

Voorzichtig trekt Dup de deur open. Binnen is het schemerig. De tl-buizen geven nauwelijks licht door stof en spinnenwebben. Dikke verwarmingsbuizen aan het plafond zoemen en tikken geheimzinnig.

Voor Dup ligt de lange gang met wel meer dan dertig schuurtjes. Links en rechts komen er griezelige zijgangetjes op uit. Je kunt onmogelijk zien of er iemand om het hoekje staat. Dup mag hier van zijn moeder nooit alleen komen, maar nu moet hij wel. Hij moet naar huis!

'Niet bang zijn,' zegt hij tegen zichzelf. 'Of het nu donker is of licht. Het blijft precies hetzelfde.'

Krakend slaat de deur dicht. Nu is Dup helemaal alleen. Tenminste, dat hoopt hij. Met snelle passen loopt

hij vlak langs de muur. Zo krijgt hij af en toe wel een spinnenweb tegen zijn gezicht. Maar daar is hij niet bang van.

Zo ver mogelijk bij de deuren vandaan blijven, denkt Dup. Bij elk zijgangetje even blijven wachten. Dan goed luisteren en snel doorlopen.

Het gaat vlot. Hij is al op de helft.

'Nog even volhouden, Dup,' fluistert hij. 'Eventjes nog.'

Aan het eind van de gang, stopt hij plotseling. Hoort hij dat wel goed? Het zweet breekt hem uit.

Traag beweegt de klink van de deur naar de hal.

Stijf van schrik drukt Dup zich met zijn rug tegen de muur aan. De deur gaat langzaam open. Dup kan geen kant op...

'Ha, die Dup,' klinkt het.

Dup zucht opgelucht.

Het is meneer Van Bakel: opa flat. Zo noemt Dup hem altijd. Opa flat woont precies onder Dup. Als opa flat last van zijn voet heeft, haalt Dup de krant beneden uit zijn brievenbus. Dan krijgt Dup altijd iets. Een lekkere koek en soms zelfs een zakcentje.

'Was je geschrokken, jongen?'

'Beetje,' liegt Dup.

'Glaasje cola? Voor de schrik. Kom straks maar even langs. Drinken we gezellig een glaasje!' Hoopvol kijkt hij de jongen aan.

Dup wil wel, maar kan niet. Hij moet als een haas naar huis.

'Sorry, opa, ik moet op het huis passen. Andere keer, oké?' roept hij over zijn schouder.

Het is stil in de hal. Dan hoort hij het zacht gonzende geluid van de lift die eraan komt.

Stel je voor, spookt het door Dups hoofd, misschien kom ik de man met de staart weer tegen. Hij krijgt er de kriebels van. Hij kan het niet uitstaan dat hij bang is.

Kom op flauwerik, denkt hij dan en hij springt de trap op. Ik ben zo boven.

Met reuzenpassen begint Dup aan de beklimming van de twaalf trappen. Hop-hop-hop naar boven. Dat is de eerste al. Bochtje om: hop-hop-hop en nog een sprong. Het gaat supersnel. De derde en de vierde trap gaan nog harder. Maar als Dup de bocht wil nemen naar de vijfde trap, gebeurt het.

BOEM! KNAL! KLETTER!

Dup schrikt zich te pletter.

Mevrouw Van Diepen ook. Hij had haar helemaal niet gezien. Haar boodschappentas is met een smak op de grond gevallen. Uit een opengeklapt pak gutst een witte stroom yoghurt. Tomaten, radijsjes en een kommer rollen en stuiteren over de vloer, besmeurd door de bruine bonentroep uit een kapot potje. Een vieze, plakkerige krop sla kletst de trap af.

Vlug duikt Dup erachteraan.

'O jee, mijn spullen!' galmt mevrouw Van Diepen door het trappenhuis. Het doet pijn aan Dups oren.

'Sorry, sorry!' zegt Dup zenuwachtig. Vlug zet hij het bijna lege pak yoghurt rechtop in de tas en kwakt er wat tomaten bovenop.

'Alstublieft, mevrouw. Het was een ongelukje.'

Mevrouw Van Diepen houdt haar handen voor haar opengesperde mond. Daarom laat Dup de tas maar voor haar voeten staan. Met een snelle beweging veegt hij zijn plakkerige handen af aan zijn broek. Hij rent meteen verder naar boven. Op de volgende trap kijkt Dup nog even naar beneden. De vrouw staat nog steeds naar haar tas te staren.

'Sorry,' fluistert Dup nog eens.

Eindelijk is hij boven. Hij stuift de galerij op.
Maar dan... Dup kan niet verder. Voor hem staat de
flatgek. Hij kijkt hem recht aan. Zijn ogen zijn grijs,
met kleine zwarte speldenknopjes in het midden. Die
kunnen je prikken. Dat voelt Dup gewoon. De flatgek
hoeft je maar aan te kijken en je krijgt vanzelf een
prikkende pijn.
De man ziet er wild uit met zijn warrige, zwarte haren
en zijn borstelige wenkbrauwen. Zelfs uit zijn neusga-
ten komen plakkerige plukjes haar. Vette vegen zitten
op de mouwen van zijn roze trui.
Ze staan elkaar wel een minuut lang aan te kijken op
de smalle galerij. Angstig grijpt Dups linkerhand naar
de kille balustrade. Hij knijpt er hard in en durft zich
niet te bewegen. Hij heeft een dikke keel. Hij kan niets
zeggen.
'Wat moet je hier?' vraagt de man met een stem waar
je kippenvel van krijgt. Hij balt zijn vuist en loopt op
Dup af.
Een walm van muffe lucht maakt Dup misselijk. De
scherpe geur van beschimmelde sinaasappels dringt
zijn neus binnen.
Flink zijn, zegt een stem in zijn hoofd. Kalm blijven.

Gewoon blijven staan. Er is niets aan de hand. Maar toch trillen zijn benen als rietjes.

'Wat moet je hier? Kom je vervelend doen?' klinkt het dreigend.

Dup haalt diep adem. Uit zijn mond komt een piepklein stemmetje. Hij lijkt wel een muis. 'Ik wil naar huis. Ik woon daar.'

Zijn bevende vinger wijst naar het eind van de galerij. Even denkt de flatgek na. Dan zakt zijn arm naar beneden. Met een ruk draait hij zich om. Hij loopt met grote passen naar binnen en smijt de deur met een dreun achter zich dicht.

Thuis

Het waait hard op de galerij. Dup rent, maar bij het huis van de buren remt hij af.
Nu moet hij voorzichtig zijn. Koude rillingen lopen over zijn rug. Zou er echt iemand binnen zijn?
Dup sluipt onder het slaapkamerraam door naar de voordeur. Die staat nog steeds op een kier.
Hij zucht zacht om rustig te worden. Zijn buik trilt. Hij spitst zijn oren. Het is stil in huis. Snel springt hij voorbij de deur.
Naast het keukenraam staat hij nu, met zijn buik tegen de muur. Voetje voor voetje schuifelt hij dichterbij. Het roodwit geblokte gordijn hangt doodstil. Nog een klein stapje naar links. En nog een. Nu kan hij naar binnen kijken. Hij ziet het aanrecht en de vaas met de paarse seringen op tafel. De hoge kast staat rustig in de hoek alsof ze wil zeggen: 'Kalm maar, Dup. Maak je niet zo druk.' Dups ogen glijden naar de andere kant van de keuken.
De koelkast! De deur van de koelkast staat open.

Wagenwijd open! Dup knippert met zijn ogen. Dat kan niet waar zijn. Maar het is wel zo. Er is iemand in de flat.

Snel draait Dup zich om. Hij loopt naar de voordeur en luistert met ingehouden adem.

Een zacht duwtje tegen de deur maakt de kier groot genoeg om binnen te kunnen glippen. Dat hij dit durft!

Het is muisstil in huis. In de hal is niets bijzonders te zien. Alles is nog zoals het was. Rechts is de deur van de slaapkamer van zijn moeder. Die is nog steeds dicht. Links is de keuken. Die deur staat open.

Voorzichtig loopt Dup ernaartoe. Hij spitst de oren en hoort een zacht klokkend geluid.

Nu verzamelt hij al zijn moed. Het is toch zeker zijn huis! Dapper steekt hij zijn hoofd om de hoek.

Op de grond, naast de koelkast, zit een man in een blauw shirt en een lichte spijkerbroek. Hij drinkt gulzig van een fles cola, het hoofd achterover, de ogen dicht. Op zijn kin groeien stugge stoppeltjes.

De man laat de fles zakken, hapt naar adem en laat een loeiharde boer. Als hij de fles opnieuw aan zijn mond zet, ziet hij Dup. Hij verslikt zich van schrik.

Proestend spuugt hij een fonteintje cola op de vloer. Met zijn mouw veegt hij zijn mond schoon.

'Sorry,' zegt hij met een zware stem. 'Sorry, maar ik had zo'n dorst enne...'

Met open mond staat Dup te kijken. Dit is niet de man met het staartje, ziet hij. Het is vast de man aan de telefoon. De man die de staart moest komen helpen.

De colaman haalt een zakdoek uit zijn achterzak en veegt de vloer ermee droog. De natte zakdoek stopt hij gewoon terug in zijn zak.

Dan staat hij op en loopt met een uitgestoken hand naar Dup.

'Frans,' zegt hij. 'Sorry dat ik je heb laten schrikken en sorry voor de cola. Ik had zo'n vreselijke dorst en zag jullie deur openstaan. Ik heb aangebeld, geklopt en hard geroepen, maar toen niemand wat terugzei, ben ik naar binnen gegaan. Dat had ik niet moeten doen.'

Dup kijkt twijfelend naar de grote hand. Maar voor hij het in de gaten heeft, pakt Frans zijn knuist en schudt hem stevig. Zijn arm rammelt er bijna af.

'Vrienden?' vraagt Frans glimlachend. Hij laat de hand los.

Dup is niet meer zo bang, maar hij is het snoepjesverhaal van zijn moeder niet vergeten. Dat heeft ze zo vaak verteld. Geen snoepjes aannemen van vreemden en vooral niet met hen meegaan! Maar ik neem geen snoepjes aan en ik ga ook nergens mee naartoe, denkt hij.

'Waar zijn je ouders?' vraagt Frans.

Meteen krijgt Dup het weer benauwd. Waarom wil hij dat weten?

'Mijn moeder komt zo,' jokt hij. 'Ze is heel even weg.'

'O, komt ze zo? Dan kunnen we misschien alvast even naar de meterkast gaan. Of kun je die niet vinden met al die haren voor je ogen?'

Hij gaat me opsluiten, denkt Dup. In die donkere, benauwde meterkast met al die griezelige klokjes, tellertjes, buizen en draden. Hij krijgt er kippenvel van.

'Ben jij soms een kinderlokker?' vraagt Dup. Het is eruit voordat hij het in de gaten heeft. Hij schrikt ervan.

'Een kinderlokker?! Ha, ha, die is goed!' De dikke buik van Frans schudt van het lachen. 'Nee, jongen. Een kinderlokker ben ik niet. Misschien wel een colaslokker! Ha, ha!' Hij aait Dup ruw over zijn bol. 'Kom, naar de meterkast.'

'Waarom wil je eigenlijk naar de meterkast?' vraagt Dup dan.

'Waarom ik naar de meterkast wil? Waarom een meteropnemer naar de meterkast wil? Ha, ha! Jij kunt een paard laten lachen.' Frans pakt een apparaatje en een kaartje uit zijn zak. 'Hier, kun je al lezen?'

Of Dup al kan lezen? Wat denkt hij wel?

'Natuurlijk,' zegt Dup.

Er staan een heleboel moeilijke woorden op het kaartje. Ook ziet Dup een foto van Frans toen hij zich wel geschoren had.

'Mijn identiteitsbewijs,' zegt Frans.

Dup knikt. Hij wijst naar de witte deur achterin de gang.

'Help je me even?' vraagt Frans. Hij houdt het apparaatje voor Dups neus. Frans is wel twee keer zo groot als de jongen. 'Jij moet op de knopjes drukken. Of ken je nog geen cijfers?' grinnikt hij.

'Phoe!' zegt Dup. 'Grapjas.'

Hij pakt het ding aan. Het lijkt een beetje op de afstandsbediening van de televisie, alleen wat dikker.

'Komt-ie,' zegt Frans. Hij kijkt op een van de tellertjes

33

in de kast. '1-2-5-0-7.'

Dup drukt op de knopjes en ziet de cijfertjes aanfloepen.

Frans kijkt over zijn schouder. 'Goed gedaan, vent. En nu die gele knop daar. Dan is het klaar.'

Als Dup erop drukt, knippert het getal twee keer. Dan verdwijnt het.

Frans stopt het apparaatje weer in zijn zak en draait zich om.

'Zo, dan ga ik maar weer eens verder,' zegt hij dan.

Daar schrikt Dup van. Hij denkt opeens aan de man met het staartje. Misschien komt die straks wel. En dan is hij helemaal alleen thuis. Zijn maag krimpt in elkaar. Frans moet zo lang mogelijk blijven!

'Neem eerst nog maar een koekje,' zegt Dup. Hij loopt snel naar de kast in de woonkamer.

Even later zitten ze lui op de bank. De koektrommel netjes tussen hen in. Om de beurt pakken ze telkens een koekje.

'Hoe heet je eigenlijk?' vraagt Frans.

'Dup,' zegt Dup met volle mond.

'Wup?'

Dup slikt een bitterkoekje weg.

'Nee, Dup!'

Frans kijkt alsof hij het niet gelooft.

'Dup? Da's toch geen naam,' zegt hij. Er verdwijnt een krakeling in zijn mond. In één keer! 'Da's toch geen naam voor een kind: Duppie...'

Dup heeft er een hekel aan als ze hem pesten met zijn naam. Hij kan er toch zeker niets aan doen dat hij zo'n stomme naam heeft.

'En jij dan: Frans! Puh... je praat geeneens Frans. Jou hadden ze ook beter anders kunnen noemen! Drinke-boer of zo!'

De dikke man krijgt rimpels in zijn voorhoofd. 'Drin-kebroer, is het,' zegt hij dan.

'O ja?' zegt Dup. 'Maar je bent mijn broer toch niet. En je liet een boer!'

Frans glimlacht. Weer gaat er een krakeling zijn mond in.

'Eigenlijk,' zegt hij terwijl hij een bokkenpootje uit de trommel pakt en het aandachtig bekijkt. 'Eigenlijk zou iedereen zijn eigen naam moeten kunnen verzinnen. Een babynaam mogen je vader en moeder nog wel voor je bedenken. Daar heb je toch geen last van. Maar zo gauw je kunt praten, mag je zelf kiezen. En als je je naam beu bent, dan verzin je gewoon weer een andere.'

Hij wrijft eens over zijn stoppels, rekt zich lui uit en kijkt naar het plafond.

'Eens kijken hoe ik zou willen heten. Misschien wel, eh... Dup! Ja, noem mij voortaan maar Dup, Dup.'

'Ja,' roept Dup. De kruimels vliegen uit zijn mond.

'Leuk: Dup en Dup.'

Dan gaat de telefoon.

Frans

'Wie was dat?'

Frans grabbelt met zijn dikke vingers over de bodem van de lege trommel.

'Opa flat, die woont hier beneden,' zegt Dup. 'Hij dacht dat ik nog langs zou komen. Hij is een beetje verstrooid.'

'Op die manier,' zegt Frans. Hij schudt de kruimels uit de trommel in zijn hand. 'Zeg, Duppie, ik stik weer van de dorst. Heb je nog een druppie?'

Dup schenkt het allergrootste glas dat hij kan vinden supervol. Dan blijft Frans lekker lang.

'Kun je eigenlijk wel uit een glas drinken? Of alleen uit een fles?' grapt Dup.

Frans haalt zijn schouders op. Hij pakt het glas met twee handen vast en zet het aan zijn mond. Twee dunne straaltjes cola stromen over zijn kin. Zijn hoofd gaat steeds verder naar achteren. Het balletje van zijn keel danst snel op en neer. Dup heeft nog nooit iemand zo snel zien drinken. Frans klokt de klotsende cola in een keer op. Tot de allerlaatste druppel. Dan laat hij een loeiboer in het lege glas.

'Hè, hè,' zucht hij. 'Dat was lekker, Dup.' Hij rekt zich nog maar eens uit. 'Ik moet maar weer eens verder. Anders ben ik vannacht nog niet klaar.'

'Appelflap?' vraagt Dup snel. 'Wil je een appelflap?' Zonder een antwoord af te wachten rent Dup naar de keuken. Bordjes rammelen, kastjes en laatjes gaan open en dicht. Dan zwaait de kamerdeur open. Dup komt binnen met twee heerlijke appelflappen. Wat zal Frans blij zijn. Maar dat is niet wat Dup ziet...

Frans zit op de bank. Hij knippert met zijn ogen. Met zijn grote hand veegt hij snel een traan weg. Zijn wang blinkt ervan.

'Wat is er?' vraagt Dup. 'Heb je verdriet?'

'Ik weet het niet,' zucht Frans. Zijn stem trilt raar. 'Ik denk het.'

Daar snapt Dup geen snars van. Je hebt verdriet of je hebt het niet. Dat weet je toch zeker zelf wel.

'Ik moest ineens ergens aan denken,' zegt Frans dan. 'Da's alles. Het is al goed, vent.'

'Waar moest je aan denken,' vraagt Dup weer.

Frans krabt zich op het achterhoofd en fronst zijn

wenkbrauwen. Dan friemelt hij iets uit zijn achterzak. Het is een portemonnee. Met een zucht klikt hij de flap open. Dup ziet een foto van Frans. Hij stoeit wild met twee knulletjes. Kleuters nog. Ze lijken precies op elkaar en schateren van het lachen.

'Zijn dat jouw kinderen?'

Frans knikt en glimlacht trots. 'Grotere kwajongens zijn er niet: schatten van mijn hart. Die foto is een jaartje geleden genomen. De laatste foto...'

'De laatste foto,' schrikt Dup. Hij trekt wit weg. Een ijskoude rilling loopt over zijn rug. 'Zijn ze...'

Frans ziet de bleke toet van Dup.

'Nee nee, het is niet wat je denkt,' zegt hij vlug. 'Op een kwade dag waren ze ineens weg, met hun moeder. Een maand later kreeg ik een brief. Deze foto zat erbij. En daarna... Nooit meer wat gehoord.'

Dup kijkt voor zich uit. De appelflappen staan nog steeds op tafel. Hij heeft helemaal geen trek meer.

'Het ergste van alles is, dat ik niet weet hoe het met hen gaat. Of ze het naar hun zin hebben en me niet te veel missen. En die stoeipartijen, die mis ik ook.'

Frans kijkt Dup aan. 'Sorry,' zucht hij. 'Ik moet niet zo zeuren.'

Vrouwen en ouwetjes

De man met het staartje drukt op de plakkerig vieze deurbel. De bel rammelt als een zoemer. De staart wipt ongeduldig van de ene op de andere voet. Zijn schoenen kraken van de nieuwigheid, maar blinken doen ze niet.

Een sleutel wordt omgedraaid in het slot. De deur gaat open. Een muffe lucht walmt naar buiten. In de deuropening staat de flatgek. De staartman kijkt hem boos aan.

'Zo, ben je eindelijk thuis? Dat werd tijd.'

De flatgek zegt niets. Hij kijkt nors terug en bromt iets onverstaanbaars. Dan draait hij zich om en loopt naar binnen. De staart gaat erachteraan.

Het is leeg in huis. En eng. Er hangt een benauwde lucht waar je misselijk van wordt. Boven de tafel hangt een gloeilamp aan een stroomdraad. Bovenaan is die wit en onderaan zwart. Een vale kast leunt tegen de kale muur. Op de grijze, cementen vloer ligt een vlekkerig kleed. Voor de ramen hangen donkerbruine, half opengeschoven doeken. Die moeten gordijnen voorstellen en het licht tegenhouden. Nergens zijn planten.

'Kom maar op met die lijst,' zegt de staart. 'Ik heb geen uren de tijd. Ik heb al lang genoeg moeten wachten.' De flatgek loopt grommend naar de kast en rommelt er wat in.

'Kan er hier geen raam open?' vraagt de staart. Hij kijkt erbij alsof hij iets smerigs in zijn mond heeft. Met zijn hand wappert hij wat frisse lucht naar zijn neus.

'Als het je niet bevalt, ga je maar weg,' bromt de flatgek. Hij heeft een eigenaardige manier van praten. Zijn mond beweegt nauwelijks, maar zijn wangen wel. Hij knipt de lamp boven de tafel aan. Een muis krabbelt vlug naar een donker gat in de muur.

Zonder een woord te zeggen, legt de flatgek een verfrommeld stukje papier neer en gaat op een stoel zitten. Hij kijkt de staart aan met zijn speldenknoppen.

'Is dat alles?' snibt de staart. Het spleetje tussen zijn voortanden ziet er dreigend uit. Hij gaat tegenover de flatgek zitten en pakt het vodje. 'Is dat *alles*?'

'Als ik weinig tijd heb...' antwoordt de flatgek.

Snel glijden de ogen van de staart over de slordige krabbelletters. Hij schudt zijn hoofd. 'Wat is dit allemaal, joh? Wat een puinhoop. Wat zijn dat voor adressen?'

'Niet thuis,' bromt de flatgek.

'Wat niet thuis? Wie niet thuis? Wanneer niet thuis? Wat bedoel je, man?' Ongeduldig schuift de staart het blaadje van zich af. 'Daar kan ik toch niks mee!'

'Overdag. Alleen vrouw thuis bij al die huizen,' wijst de flatgek met zijn grauwe vinger. 'En daar... alle ouwe mensen. En als het niet goed is, dan doe je het zelf maar. En nu wil ik geld.'

De staart zegt niets, maar leest op zijn gemak het hele lijstje door.

'Is dat heel de Rozenstraat? Twintig adressen?!'

'Alles gedaan,' zegt de flatgek. 'Alles klaar.'

'Dan ga ik daar morgen kijken of je het wel goed hebt gedaan. Als het klopt, dan krijg jij netjes je geld. Eerst moet ik het hier in de flat nog afmaken. Nog twee adressen.'

De man met de staart staat op en loopt naar de deur, maar de flatgek trekt hem aan zijn jasje.

'Ik wil geld.' Zijn stem klinkt schor en boos.

Met ijskoude ogen kijkt de staart de flatgek aan. Hij grijnst gemeen en zegt kalm: 'Alles op z'n tijd, vriend. Alles op z'n tijd. En nu blijf je netjes van mijn jasje af. Anders kun je wel fluiten naar je centjes. Enne... nog een tip: een keer je tanden poetsen. Heel verstandig.'

De flatgek maakt zich steeds kwader. Hij ontploft zowat. Toch laat hij het jasje los.

De staart klopt zijn kraag schoon en strijkt een vouw plat. Hij ziet er weer keurig uit.

'Ik kom er zelf wel uit, dank je.'

Als hij even later weer op de galerij staat, haalt hij diep adem. Eindelijk frisse lucht.

Bezoek

Met twee handen houdt Frans zijn appelflap vast. Hij neemt er een enorme hap van.

'Eten dat rijmt is het lekkerst,' zegt hij met zijn mond vol. 'Dat wist je niet, hè? Moet je luisteren. Een appelflap met vruchtensap. Is lekker, toch? Enne... limonade met witte chocolade. Daar lust ik wel pap van. En deze: een bord lasagne en een glas champagne? Ook niet verkeerd. Dus als het rijmt, is het lekker, Dup. En als het nergens op rijmt niet. Probeer maar eens te rijmen op andijvie. Lukt je niet! Dan weet je meteen waarom ik andijvie niet lekker vind.'

Wat een kletspraat, denkt Dup. Frans heeft zeker nog nooit van bloemkool gehoord. Daar kan Dup gemakkelijk op rijmen. Maar hij vindt er niks aan.

In drie happen schrokt Frans zijn flap op. Dan veegt hij de kruimels van zijn kleren op de grond.

'Hé, Dup,' vraagt hij dan. 'Kun je buikspreken?'

Wat is dat nou weer voor een rare vraag? Dup schudt het hoofd. Hij heeft het wel eens geprobeerd, maar het is veel te moeilijk. Vooral woorden met een b of een p erin zijn lastig.

'Buikspreken is gemakkelijk,' zegt Frans. 'Kijk.'

Hij doet zijn shirt omhoog en pakt zijn buik met beide handen stevig vast. Dan beweegt hij zijn buik met zijn handen op en neer alsof het een mondje is, en zegt met een raar hoog stemmetje: 'Zo, Dup, daar krijg je dorst van. Mag deze meneer misschien een pilsje?'

Frans schatert het nu uit. Hij slaat zich van pret op de knieën. 'Buikspreken, Dup! Gemakkelijk, hè?'

Dup loopt hoofdschuddend naar de keuken. Vreemde vent, die Frans.

Dan moet hij ineens aan zijn moeder denken. Hij weet niet precies waarom. Zou ze dit allemaal wel goed vinden? Maar ja, wat moet hij anders? Daarom loopt hij even later toch gewoon met een flesje bier de kamer in.

'Proost!' klinkt het vrolijk en dan ineens zachtjes: 'Zal ik je even helpen?'

Dup trekt een vraaggezicht.

'Met je flap!' zegt Frans dan. 'Als je hem niet lust, wil ik je wel een beetje helpen. Van bier krijg je honger...'

RRRING! De bel van de voordeur.

Dup loopt naar de gang. 'Eet maar op, hoor!' roept hij over zijn schouder.

Dan doet hij de deur open.

'Goedemiddag, jongeman. Is je moeder thuis?'

Dup verbleekt van schrik. Hij kijkt recht in de ogen van de staart. Even kan hij niets zeggen. Het liefst zou hij meteen de deur dichtknallen, maar hij staat als een standbeeld zo stil.

De staart probeert vriendelijk te kijken. Hij lacht het spleetje tussen zijn tanden bloot. Het ziet er eng uit.

'Je moeder. Of ze thuis is,' zegt hij weer.

'Eh, nee,' zegt Dup. 'Ze is er niet.'

Wat stom! denkt hij meteen. 'Ze komt zo,' zegt hij dan maar gauw.

'Aha,' zegt de staart. 'Dan wacht ik wel.'

'Nee, nee, ze blijft nog wel even weg. En ik zit eigenlijk net aan de telefoon met mijn opa,' verzint Dup vlug.

'O,' zegt de staart. 'Zeg dan maar tegen je moeder dat er iemand van de gemeente is geweest. Verwijmeren, van de gemeente. Kun je dat onthouden?'

'Verwijmeren, van de gemeente,' herhaalt Dup.

'Goed zo. En zeg ook maar dat ik over een kwartiertje

terugkom. Het is namelijk nogal belangrijk allemaal. Niet vergeten: over een kwartier ben ik terug.'

Hij draait zich om en loopt weg.

Dup blijft verbluft in de deuropening staan en hoort het schoenengekraak langzaam verdwijnen.

Bier

Met volle mond kijkt Frans Dup aan. De grond om hem heen is bezaaid met kruimels. Ook rond zijn mond is genoeg te vinden.

'Nog eentje om het af te leren?' vraagt hij, terwijl hij Dup het lege flesje geeft.

Dup pakt het aan. Zijn gedachten zijn bij Verwijmeren. En als hij Frans even later een vol flesje geeft, kijkt hij nog steeds verdwaasd voor zich uit.

Met zijn kiezen bijt Frans de kroonkurk van het flesje af. Trots laat hij het op het puntje van zijn tong liggen. Dan spuugt hij het dopje met een prachtig boogje in de asbak. Hij ziet dat Dup wel kijkt, maar niets ziet.

'Wat is er, vent? Kom eens hier.' Zijn stem klinkt bezorgd. Zijn adem stinkt naar cola, bier, koekjes en appelflappen. Daar word je wel wakker van.

Dup twijfelt. Zal hij het zeggen?

Grote, bruine ogen kijken de jongen aan. Een beetje vochtig zijn ze.

En hij moet plotseling ergens aan denken. Hij weet

niet precies meer hoe zijn moeder het heeft gezegd. Iets met ogen, een spiegel en een ziel. Het betekende dat je aan iemands ogen kon zien of het een goed mens is.

Grote bezorgde ogen, die ziet Dup. Meteen krijgt hij het gevoel dat hij alles tegen Frans kan zeggen.

Dup haalt diep adem. Dan vertelt hij alles. Van de eerste keer dat hij de staart zag in de hal, tot aan de ontmoeting van daarnet. Dat Verwijmeren elk moment terug kan komen. En ook dat hij bang is. Bang voor wat er straks kan gebeuren. En dat terwijl zijn moeder de hele dag weg is.

Frans slaat zijn arm om Dup heen. Een hele tijd zegt hij niets. Je kunt hem alleen horen ademen. Alsof hij hard heeft gerend. Dan kijkt hij Dup aan en zegt: 'Ik heb een plan, Dup. Ik heb een plan...'

Vader

RRRING!

Een bange jongen loopt aarzelend naar de voordeur. Hij weet precies wat hij moet doen, precies wat hij moet zeggen. En toch is hij nog nooit zo onzeker geweest.

'Daar ben ik weer,' zegt Verwijmeren. 'Ga je moeder maar even halen.'

Dup zegt zo flink mogelijk: 'Die is nog steeds niet thuis. Mijn vader wel, maar die heeft geen tijd.'

'Nee, hoor. Je vader is niet thuis. Dat kan helemaal niet,' zegt de staart meteen.

'Wel,' flapt Dup eruit. 'Komt u maar een andere keer terug. Of belt u anders maar gewoon een keer op.'

De man fronst zijn wenkbrauwen. 'Opbellen? Gewoon opbellen?! Ik weet niet of je het in de gaten hebt, knulletje, maar er bestaan dingen die je niet zomaar even over de telefoon kunt regelen. Ik kom niet vragen hoe het met de geit van de buren gaat. Ik ben van de gemeente. Ik kom voor iets heel belangrijks. Je denkt toch niet dat ik iedereen die niet thuis is terug ga bellen? Geen denken aan! Nee, ik wacht wel even tot ze thuiskomt.'

En voordat Dup het in de gaten heeft, stapt de staart naar voren. Hij duwt de jongen ruw opzij en loopt regelrecht naar de woonkamer. 'Of wil je soms zeggen dat je vader echt thuis is...'

Vlug loopt Dup achter Verwijmeren aan.

'En nu maar hopen dat het niet zo lang duurt,' moppert Verwijmeren, 'want ik heb nog wel wat anders te doen.'

Hij ziet de lege koektrommel en de kruimels op de grond bij de bank. 'Net wat ik dacht. Jouw vader is helemaal niet thuis. Je zit in je eentje koekies te knauwen,' lacht hij gluiperig.

Dup schrikt zich rot. Vliegensvlug kijkt hij de kamer rond. Hij kan zijn ogen niet geloven. Frans is weg! Hoe kan dat nou?

Verwijmeren kijkt op zijn horloge. Uit de binnenzak van zijn lange jas pakt hij wat papieren. Hij begint te schrijven.

Dup denkt razendsnel. Wat moet hij doen? Hij kan het niet helpen, maar hij is hartstikke bang. Helemaal alleen met die enge vent in huis! En waar is Frans? Die zou in de woonkamer op hem wachten. Hij zal toch niet weggegaan zijn? Dat kan niet! De enige manier om naar buiten te gaan, is door de voordeur. En daar kan Frans niet langs zijn geweest. Dup snapt er niets van. Hij zal toch niet via het balkon...?

Zo onopvallend mogelijk loopt Dup in de richting van het balkon. Maar daar is niets bijzonders te zien. Dup voelt ogen in zijn rug priemen. Verwijmeren kijkt hem aan zonder zijn hoofd te bewegen. Alleen zijn ogen richten zich op Dup. Heel even maar. Dan vraagt hij sarrend: 'Zoek je wat, mannetje?'

Dup draait zich snel om. Maar juist als hij iets wil zeggen, valt zijn oog op de kamerdeur. Die gaat langzaam open. Langzaam, zonder een geluidje. De kier wordt groter.

'Wat heeft dit te betekenen?' trompettert Frans vanuit de deuropening.

Verwijmeren draait zich geschrokken om. Zijn mond zakt wagenwijd open. Zijn ogen vergeten te knipperen.

'Ik kan niet eens fatsoenlijk een plas doen! Staat er meteen een vent binnen! Wat doe je hier?' gaat Frans boos door.

'M-m-meneer Doeve, neemt u het mij alstublieft niet kwalijk. Ik ben Verwijmeren van de gemeente. Ik wist niet dat u thuis was,' zegt de staart bang.

'Wel!' roept Dup. 'Ik heb gezegd dat u thuis bent, pap.'

Dat laatste woord klinkt gek, vindt Dup.

Frans loopt met een boogje om de indringer heen. Hij kijkt hem streng aan.

'Zo zo, Van der Mijden van de gemeente,' zegt Frans dan.

Verwijmeren schudt zijn hoofd. Zo heet hij niet. Maar hij krijgt de kans niet om dat te zeggen.

'Misschien doen je oren het niet zo goed, omdat je staartje te strak zit,' gaat Frans verder. 'Heel slecht is dat, strakke staartjes. Dan krijgen je hersenen te weinig zuurstof. Kun je niet goed meer nadenken. Vlechtjes zijn veel beter. Die moet je eens proberen, Van der Mijden. Leuk, vlechtjes!'

Bijna onzichtbaar knipoogt Frans naar Dup.

'Vertel op. Wat kom je hier doen?'

Zenuwachtig ritselt Verwijmeren met zijn papieren.

'Ik eh... wil het eigenlijk met u hebben over de nieuwe milieubelasting,' begint hij.

'Ja, en?' zegt Frans ongeduldig. 'Wat is daar dan mee?'

'Wat daarmee is,' gaat Verwijmeren verder, 'is het volgende, meneer Doeve. We hebben op het moment te maken met een storing in onze centrale. Daardoor is het onmogelijk om de belasting via de bank te betalen. Vandaar dat ik het geld bij u op kom halen. Een extra service van uw gemeente. Ik ben namelijk gemeenteontvanger, begrijpt u?'

'O ja?' zegt Frans. 'En hoeveel wil de gemeente van ons vangen?'

'Dat zal ik even na moeten kijken. Eh... Hoeveel mensen wonen er op dit adres?'

'Drie,' liegt Dup gauw. Meteen krijgt hij een kleur.

'Juist, ja,' mompelt een driftig bladerende staart. 'Ik zie het al. Drie personen... Hier heb ik het al.'

Dup en Frans kijken elkaar aan. Hier wonen helemaal geen drie mensen. Dup en zijn moeder, dat zijn er twee. Die man weet er niets van. Hij is helemaal niet van de gemeente.

'Hoeveel wil je eigenlijk van ons hebben?' vraagt Frans.

Verwijmeren knijpt zijn ogen samen. Met zijn dunne vinger volgt hij de getalletjes van boven naar beneden.

Zijn lange, bleke nagel maakt een eng schrapend geluid over het papier.

'Margrietstraat nummer 151. Even kijken. Twee volwassenen en een kind. Dat is eh... precies 250 euro. Ja, 250 euro. Tenminste, als u het nu meteen betaalt. Anders wordt het 275.'

'Als ik het meteen betaal,' roept Frans. 'Je denkt toch zeker niet dat ik hier een geldwinkeltje heb. En het groeit me ook niet op de rug. Bovendien ga ik echt geen geld geven aan de eerste de beste mafketel, die zegt dat hij van de gemeente is. Laat eerst maar eens even zien dat dat zo is. Je papieren.'

Verwijmeren voelt zich niet op zijn gemak. Dit is hij niet gewend. Het liefst wil hij er snel vandoor gaan. Maar de grote Frans maakt hem zenuwachtig. Druk staat hij in zijn zak te grabbelen.

Ondertussen loopt Frans naar de telefoon en toetst een nummer in.

'Weet je wat? Ik bel meteen het gemeentehuis wel even. Vraag ik gewoon of het allemaal in orde is. Geen probleem.'

En dan gaat alles razendsnel. Zo snel! Dup kan het nauwelijks volgen.

Verwijmeren wordt wit. Witheet van woede. De gemeenteman van daarnet verandert in een wilde woesteling. Hij pakt iets blinkends uit zijn binnenzak en beent in drie grote passen naar Frans.

Dup ziet alles gebeuren, maar hij doet niets. Hij kan ook niets doen. Niet bewegen, niet praten. Zelfs ademhalen lukt hem niet meer.

Frans bedenkt zich geen moment. Zijn arm gaat omhoog om Verwijmeren een flinke tik te geven. Met de telefoon. Maar nog voordat hij dat kan doen, voelt hij de vlijmscherpe punt van een ijskoud mes. Venijnig prikt het onder zijn kin. Van schrik laat Frans de telefoon vallen.

Verwijmeren gaat met zijn volle gewicht bovenop het telefoontje staan. Een scherp geknars.

'De telefoon...' stamelt Dup krijtwit.

'O sorry,' zegt Verwijmeren met een gemene grijns. 'Kapot! Maar ja, jullie wilden toch niemand meer bellen, hè.'

De envelop

Van angst bijt Dup een rijtje kuiltjes in zijn hand. Een pijnlijk boogje is het, tand voor tand, duidelijk te zien. Verwijmeren duwt het mes tegen Frans' keel en schraapt er ruw mee omhoog tot aan zijn kin. Het is een akelig geluid. Frans knijpt zijn ogen dicht en zijn lippen op elkaar.

'Jij kunt wel een scheerbeurt gebruiken, papzak,' sist de staart. 'Maar genoeg gepraat. Kom op met dat geld!'

De mond van Frans beweegt, maar geluid komt er niet uit.

'Vertel op,' bitst de staart weer. 'Waar is je geld?'

En dan krijgt Dup een idee. In de linnenkast ligt een envelop waarin altijd wat geld zit. Niet zo heel veel, een paar tientjes of zo. Voor noodgevallen, zegt zijn moeder altijd. En als dit geen noodgeval is...

Hij stapt naar voren: 'Als u mijn vader loslaat, zeg ik waar het geld is.'

Verwijmeren kijkt vreemd op. Hij lijkt even te twij-

felen. 'Eerst het geld. Dan laat ik hem los,' zegt hij.

'Het ligt in de slaapkamer. In de gro...'

'Lopen,' snauwt Verwijmeren meteen. Hij draait Frans' arm met een ruk om en duwt hem vooruit. Zo lopen ze achter Dup aan naar de slaapkamer. Dup wijst naar de kast.

'Maak open,' beveelt Verwijmeren.

De kastdeur zwaait wijd open.

'Onderin,' wijst Dup. 'Achter die lakens.'

'Pakken dan! Snel!' De staart knipt ongeduldig met zijn vingers.

Op zijn knieën zit Dup voor de kast. Achter de stapel beddengoed, daar moet de envelop liggen. Zijn hand voelt links en rechts. Maar hij voelt alleen maar opgevouwen lakens. Hoe kan dat nou? Met twee handen graait hij tussen de stapels. Hij krijgt het er benauwd van.

'Je probeert me toch niet voor de gek te houden, hè?' klinkt het fel. Verwijmeren draait de arm van Frans nog wat steviger om.

'Nee, nee,' zegt Dup vlug. Als een mol duikt hij tussen de kussenslopen, hoeslakens en dekbedovertrekken. Wild schuift hij ze weg. Dan moet die envelop toch vanzelf te voorschijn komen.

De voorste stapel is al uit de kast. Dan de stapel ernaast. Nog niets. Zweetdruppeltjes blinken op Dups voorhoofd. Gek wordt hij ervan.

Twee stapels liggen er nog. Dup pakt eerst de stapel met gebloemde lakens. Het is een zware. Krijg die maar eens van zijn plaats. Hij zit er ook zo ongemakkelijk voor. Dup bukt zich diep om de lakens een klein beetje naar zich toe te kunnen trekken. Puffend en steunend krijgt hij er eindelijk beweging in. Opschieten, opschieten, dreunt het in zijn hoofd. Het laatste stukje gaat gelukkig gemakkelijker. Ten slotte valt de katoenen berg op de grond. Het lijkt wel een bloementuin. Maar nog steeds geen envelop.

In gesprek

'In gesprek,' zegt Dups moeder teleurgesteld. Met een onhoorbare zucht legt ze de telefoon neer.

'Als je nog even een boterhammetje voor me smeert, dan red ik me verder wel, Trudy. Ga jij maar snel naar huis,' zegt oma.

'En jij dan?'

'Als ik weet dat alles goed is met Dup, voel ik me meteen tien keer beter. Ga maar gauw.'

'Misschien moet ik eerst de politie wel bellen?' zegt moeder bezorgd.

'Wel ja. De politie bellen. Kom nou, Truud. Denk eens na. Zouden die niet zeggen dat je zelf eens kunt gaan kijken? Die hebben wel wat anders te doen dan oppas spelen.'

'Ik word er helemaal gek van! Ik kan ook nooit iets goed doen!' gilt moeder dan. Ze slaat haar handen voor het gezicht en snikt het uit.

Dan voelt ze twee warme handen op haar schouders. En een kus in haar haren.

De moeder van Dup zucht een trillende zucht.
'Ga maar, Trudy,' fluistert oma. 'Ga maar gauw.'
Ja, ze moet weg. Meteen. Naar Dup.

In de kast

Verwijmeren slaat met zijn platte hand tegen de kast. Dup schrikt. Hij stoot zijn hoofd keihard tegen de plank. Meteen voelt hij een bult groeien, maar huilen kan hij niet.

'Eruit! Opschieten! Je houdt me voor de gek! Ik zal je...'

Maar Dup luistert niet. In een wanhopige poging probeert hij zijn hand achter de laatste stapel lakens te steken. Hij moet die envelop vinden. Want anders... En dan... Hij kan het bijna niet geloven. Even vergeet hij zijn pijnlijke hoofd en het mes en zelfs die rotvent. Ja hoor, zijn vingertoppen hebben gelijk. Hij voelt het duidelijk: papier. Dat moet de envelop zijn.

'Ik heb ze,' kreunt hij. Zijn vingers kruipen nog een beetje verder achter de stapel. Nog een klein stukje. Ja, hij heeft ze te pakken!

Snel grist Verwijmeren de envelop uit Dups hand. Ongeduldig scheurt hij ze open. Langzaam verschijnt er een gemene grijns op zijn smalle gezicht. Zijn vingers ritselen vliegensvlug door de bankbiljetten. Er lijkt geen einde aan te komen.

Dup kan zijn ogen niet geloven. Hoe kan dat nou? Er zit nooit zoveel geld in die envelop! Alleen maar een paar tientjes. En dit zijn... Ziet hij het wel goed? Ja, hoor. Het zijn geen briefjes van tien. Het zijn briefjes van honderd! Dat kan niet waar zijn!

Dup krijgt het opeens vreselijk benauwd. Het lijkt alsof een grote, sterke hand hem onder water duwt. Hij snakt naar adem.

Haast kwijlend staat Verwijmeren te tellen. Af en toe spieden zijn ogen snel naar Dup en Frans, maar het enige wat hij echt ziet, is geld. Heel veel geld!

Dup komt eindelijk weer tot zichzelf. Hij kan maar één ding doen. Maar durft hij dat wel?

Niet twijfelen, denkt hij dan. Het is nu of nooit!

En zonder aarzelen geeft Dup Verwijmeren een enorme schop tegen zijn scheen. Als de gemeenste voetballer van de groene velden.

Met een oorverdovende krijs zwiept de staart de envelop de lucht in. Een regen van fleurige briefjes dwarrelt door de slaapkamer.

Verwijmeren grijpt met beide handen naar zijn pijn-

lijke been. Hij laat het mes op de grond vallen.

Weer geeft Dup een schop. Maar nu tegen het mes.

Het schuift met een vaart voor Frans' voeten.

Het gebeurt allemaal zo snel, zo kanonskogelsnel.

Voordat Verwijmeren het in de gaten heeft, staat Frans al met het mes voor zijn neus.

De staart trekt wit weg en stamelt: 'N-niet doen. Alstublieft meneer Doeve, niet doen.'

Hij doet zijn best om zo zielig mogelijk te klinken.

Maar op medelijden hoeft hij niet te rekenen. Van Frans niet. En van Dup ook niet.

'Lopen!' beveelt Frans. Hij geeft de staart een zet. Verwijmeren struikelt de slaapkamer uit. 'Stop!' roept Frans aan het eind van de gang. 'We zijn er.'

Tussen zijn plukken door kijkt Dup Frans aan. Met grote vraagogen.

'Dup, de meterkast. Doe ze maar open,' bromt Frans.

Dup kraakt de deur open.

'Je mag overal naar kijken, Van der Mijden,' zegt Frans. 'Maar nergens aankomen, hè. Levensgevaarlijk al die knoppen en stoppen. Slecht voor je gezondheid. Je zou er voor de rest van je leven uitzien als een verbrande tosti! En da's geen gezicht; een tosti met een staartje!'

Met een flinke duw kwakt Frans de staart de meter-kast in. De deur dreunt dicht.

'Nee!' klinkt het wanhopig aan de andere kant.

Maar met een brede lach draait Frans de deur op slot.

'En nu hebben we wel een pilsje verdiend.'

Op

Het flesje sist open. De kroonkurk valt op de grond.
Een grappig hoedje van schuim groeit langzaam uit
de opening.

'En nu?' vraagt Dup. 'Wat doen we nu?'

Frans houdt het flesje omhoog en zegt: 'Wat dacht je?
We drinken op de overwinning.'

Er klinkt geklots in de fles. En gebonk in de gang.

'En dan?'

'Politie bellen,' stelt Frans voor en hij laat een stroom
bier zijn keel in klotsen.

'Hoe dan?' vraagt Dup. 'De telefoon is kapot.'

'Kun je niet bij die opa hier in de flat bellen? Hoe heet-
ie ook alweer?'

'Opa flat.'

'Die, ja. Dan ga jij de politie bellen. En ik blijf op Van
der Mijden letten. Maak je maar niet druk. Dat komt
wel goed.'

Frans neemt nog een lange slok. Tevreden zet hij het
lege flesje neer.

'Nog eentje?' vraagt hij.

'Jij drinkt wel veel,' zegt Dup.

Met zijn onderlip duwt Frans zijn bovenlip omhoog en laat een stille boer. Even krijgt hij er bolle wangen van.

'Nee,' zegt Frans. Hij schudt zijn hoofd. 'Ik drink niet veel, ik drink te veel.' Hij slaat zijn bruine ogen neer en zucht. 'Ik wil er ook wel mee ophouden, maar het is zo moeilijk. Laatst lukte het me drie dagen: geen druppel. Zat ik 's avonds naar de tv te kijken, was er zo'n programma. Een kind op zoek naar zijn vader. Dat kan ik dan gewoon niet aanzien, hè. Dan denk ik weer: voor wie doe ik het eigenlijk? En dan pak ik er weer een...'

'Doe het dan voor mij,' zegt Dup.

Verbaasd kijkt Frans op. Hij is er stil van. Hij krijgt een brok in zijn keel en klemt de jongen stevig tegen zich aan. Dup mag zijn natte ogen niet zien. Stijf knijpt hij ze dicht. Maar hoe hard je ook knijpt, tranen hou je niet tegen...

Boris

Achter zich hoort Dup gestommel in de meterkast.
Hij krijgt er de koude bibbers van. Snel loopt hij naar
de voordeur. Hij gaat naar opa flat om de politie te
bellen. O, wat wil hij dat het allemaal snel voorbij is.
'Pardon!' roept Frans in de woonkamer.
Wat een geluk dat Frans er is, denkt Dup. Wat zou er
gebeurd zijn als Dup alleen thuis was geweest? Nee,
met Frans erbij kan hem niets meer gebeuren. Glimlachend maakt hij de deur open en stapt naar buiten.
Dan gebeurt het. Nog voor Dup met zijn ogen kan
knipperen wordt hij vastgegrepen. Een sterke hand
grijpt zijn kraag beet, zo stevig dat zijn keel wordt
dichtgeknepen. Hij stikt zowat.
'Grwoh!'
Het is de flatgek.
Een koude hand knijpt Dups mond stevig dicht. Met
flinke kracht trekt hij het hoofd van de bange jongen
scheef naar achteren.
Een pijnscheut schiet door zijn nek. Dup wordt er he-

lemaal warm van.

'Binnen,' gromt de flatgek.

Dup wordt ruw naar binnen gesjord.

'Waar is hij?' wil de flatgek weten. Hij haalt zijn hand voor Dups mond weg.

Het voelt vies kleverig aan. Bah! Dups hele gezicht plakt. En een zure lucht dringt zijn neus binnen.

'W-wie,' stamelt Dup.

'Verwijmer. Waar is hij?' gromt de flatgek weer.

Dup weet niet wat hij moet doen. Zeggen dat Verwijmeren in de meterkast zit opgesloten? Frans roepen? Hij weet het niet.

Dan gebeurt er iets wat Dup niet had verwacht. De zware stem van Frans klinkt door de gang. 'Laat die jongen los!'

Gelukkig, Frans! Snel wil Dup naar hem toe rennen, maar de flatgek laat hem niet los. Een vieze hand grijpt Dup nu ook bij de keel.

Meteen begint Verwijmeren tegen de deur van de meterkast te bonken.

De flatgek heeft het ook in de gaten. 'Deur open!' schreeuwt hij schor.

Dup kijkt gespannen naar de meteropnemer.

Frans aarzelt even. Maar als hij het benauwde gezicht van Dup ziet, twijfelt hij niet langer. Nu mag hij geen gekke dingen doen. Die flatgek is niet te vertrouwen... Met tegenzin draait Frans de meterkast open.

Opgelucht stapt Verwijmeren uit de kast. 'Dat werd tijd, Boris,' zegt hij tegen de flatgek. Hij klopt de spinnenwebben van zijn jas.

'Lopen,' gromt de flatgek. Hij heeft Dup nog steeds stevig vast.

In de kamer ploft Verwijmeren meteen op de bank neer. Met twee handen strijkt hij zijn platte haren platter. Daarna trekt hij zijn staartje strakker. Hij rekt zich lang uit.

Dup is helemaal in de war. En kwaad is hij ook. Kwaad op Verwijmeren en op de flatgek. Maar ook op zichzelf. Vooral op zichzelf! Hij heeft die schurk gewoon binnengelaten. Hij had gewoon niet open mogen doen...

Frans kijkt Dup aan. Met een klein, een piepklein knipoogje. Het komt wel goed, betekent dat.

Ach, kon Dup dat maar geloven. Vlug veegt hij zijn wang met zijn mouw droog.

De flatgek blijft in de deuropening staan en kijkt on-

72

rustig om zich heen.

'Zitten,' bromt hij tegen Frans.

Frans gaat stilletjes naast de staart op de bank zitten.

'Gezellig,' zegt Verwijmeren dan. 'Samen op de bank.'

Er verschijnt een gemene grijns om zijn mond.

'Ik wil geld,' zegt de flatgek nors. Zijn donkere wenkbrauwen staan kwader dan ooit.

Honderd euro

'Ik wil geld,' zegt Boris weer.

Dup kijkt de flatgek aan. Tot zijn verbazing kijkt de man in de gele broek niet naar Frans of Dup, maar naar Verwijmeren.

'Ja, zeker,' zegt de staart, die dat niet in de gaten heeft.

'Wij willen geld. En snel, want ik heb nog genoeg te doen!'

'Nee, ik wil geld,' gromt Boris. 'Van jou!'

Verbluft kijkt de staart de flatgek aan. 'Hoezo, van mij? Wat krijgen we nou?'

Met een ruk staat Verwijmeren op. Met grote passen beent hij in de richting van Boris.

'Staan!' brult de flatgek. Het klinkt angstaanjagend. Als een leeuw die wil laten zien wie er de baas is. En zo kijkt hij ook. Wild en woest.

Angstig deinst Verwijmeren terug.

De ogen van Boris vuren kleine, vlammende speertjes af.

'Honderd euro,' bromt hij. 'Meteen!'

Verwijmeren wrijft over zijn kin.

'Honderd euro, Boris,' zegt hij stoer. 'Honderd euro is een heleboel geld, man. Zoveel heb ik niet bij me.'

'Aan ons vroeg je anders net zo gemakkelijk 250 euro, Van der Mijden,' zegt Frans. Hij glimlacht kalm. Dan draait hij zich naar de flatgek. 'Je moet voor de grap eens in zijn portemonnee kijken, Boris. Ik durf te wedden dat er meer dan genoeg in zit.'

Verwijmeren kijkt Frans vuil aan.

'Kijk dan,' gaat Frans door.

Boris is in de war. Moet hij die vreemde kerel geloven?

'Er zit echt genoeg in, hoor,' zegt Frans weer. 'Hè, Van der Mijden. Doe niet zo flauw. Geef die man zijn geld. Laat eens zien wat er in je portemonnee zit.'

'Geen denken aan,' zegt de staart fel. 'Bovendien heb ik niet eens een portemonnee bij me. Die ligt in mijn auto.'

'Zoeken,' bromt Boris. Zijn speldenknoppen kijken Frans streng aan.

Frans gaat achter de staart staan en voelt in zijn jaszakken. Op een klamme, verkreukelde zakdoek na zijn ze leeg. Dan loopt hij om Verwijmeren heen en fluistert: 'Als je nog eens naar de kapper gaat, moet je iets vragen tegen roos. Het is echt geen gezicht al die vlokken. Enne... je haar is ook vet. Vies vet, als je 't mij vraagt.'

'Zoeken!' buldert Boris.

Vlug gaat Frans verder met de binnenzakken. Maar meer dan een pen en wat papieren kan hij niet vinden. Dan naar de broekzakken. Eerst achter.

Verwijmeren staat zenuwachtig heen en weer te wiebelen. Hij voelt zich niet op zijn gemak met de flatgek en die dikzak die aan zijn lijf zit te plukken.

'Hier heb ik wat,' zegt Frans. Hij knijpt Verwijmeren keihard in zijn bil.

De staart slaakt een kreet.

Als Frans zijn hand weer te voorschijn tovert, heeft hij een portemonnee vast.

'Honderd euro. Voor mij,' gromt Boris.

Als Frans het ding opendoet, valt zijn mond open van verbazing. Hij had wel gedacht dat er veel geld in zou zitten, maar zijn uitpuilende ogen staren naar minstens twintig briefjes van honderd. En in het andere vakje zit een fleurig stapeltje briefjes van vijftig. Snel geeft hij honderd euro aan Boris.

'Portenee teruggeven,' zegt de flatgek.

'Maar dat is...' stamelt Frans.

'Teruggeven!' blaft Boris.

Verwijmeren grist de portemonnee uit Frans' hand.

Opgelucht stopt hij hem terug in zijn zak. Blij dat hij niet al zijn geld kwijt is.

Dan verschijnt er een sluwe grijns op het gezicht van de staart. Verwijmeren loopt kalm op Boris af.

Meteen voelt Dup de vingers van de flatgek zich strakker om zijn keel spannen.

Verwijmeren fluistert de flatgek iets in het oor. Een heel verhaal.

Dup heeft goede oren. Dat heeft de dokter laatst nog tegen hem gezegd. 'Jij kunt een zieke mier horen niezen,' zei hij. Maar dit kan Dup niet verstaan. Hoe hij het ook probeert. Het enige wat hij hoort, is een zacht gesis.

Boris schudt zijn hoofd.

Verwijmeren wordt ongeduldig. Hij kruipt nu bijna in het oor van Boris en steekt weer een heel verhaal af.

Nu knikt de flatgek.

Met een gezicht als een oorworm pakt de staart een briefje van honderd uit zijn portemonnee en geeft het aan Boris.

Wat hebben die twee afgesproken? vraagt een bang stemmetje in Dups hoofd. Niemand zegt wat. Plotseling loopt Verwijmeren de kamer uit. Wat gaat hij doen?

'Zitten,' zegt de flatgek tegen Frans. Hij wijst naar de eettafel aan de andere kant van de woonkamer. 'Opschieten!'

Frans ziet Dups angstige ogen. Hij loopt rustig naar de stoel toe en gaat zitten.

'Zeg, Boris,' begint hij dan. 'Even serieus, hè. Die Van der Mijden, die belazert de boel. Dat snap je toch zeker wel, hè? Hij had zijn portemonnee helemaal niet in zijn auto liggen. Of wel? Hij wilde jou dat geld gewoon niet geven. En wie weet wat hij straks weer van plan is. Ik zou maar oppassen. Die vent is niet te vertrouwen. Weet je wat jij moet doen? Lekker naar huis gaan. Laat hem het zelf uitzoeken. Gewoon weggaan. Ben je van het hele gedoe af.'

De borstelige wenkbrauwen van Boris zakken naar beneden. Je ziet hem denken.

'Waarom zou je ons hier vast willen houden?' gaat Frans verder. 'We hebben toch niemand kwaad gedaan. Als je nu gewoon...'

'Kop dicht,' schreeuwt de flatgek. Hij laat zijn ogen raar rollen. Heel even maar. Het is een akelig gezicht.

'Kop dichthouwen. Wachten. Klaar!'

'Kom op, Boris,' gaat Frans gewoon door.

Maar dan is het geduld van de flatgek op. Hij stuift naar voren. Dup sleurt hij wild met zich mee. Vlak voor Frans stopt Boris. Hij ademt zwaar, zijn voorhoofd glimt van het zweet. De flatgek is tot alles in staat.

'En nou stil!' gromt hij dan.

Van schrik durft niemand nog iets te zeggen. De rillingen sidderen over Dups rug. Boris ziet er eng uit. Hij heeft het meest walgelijke, gemene gezicht dat hij ooit gezien heeft. Die brede mond, de gelige tanden die niet te dicht in elkaars buurt lijken te willen komen. De kleine, grijze varkensoogjes en de diepe rimpels. Het lijkt wel alsof Dup een cactus heeft ingeslikt. Een stekelige prikpijn in zijn buik. Hij is nog nooit zo bang geweest. O, kon hij maar iets doen!

Dan knalt de voordeur dicht. Verwijmeren komt de kamer weer binnen met een opgerold stuk touw in zijn hand. Zonder iets te zeggen zet hij een stoel achter Frans neer. Met de rugleuning tegen die van Frans.

De flatgek duwt Dup ruw op de stoel neer.

Voordat Dup het in de gaten heeft, voelt hij het touw al. Het wordt strak om zijn polsen gedraaid. Een pijnscheut schiet door zijn lijf telkens als het touw met een ruk wordt aangetrokken. Dan voelt hij niets meer, heel even maar. Zijn gedachten gaan jaren terug, naar struikelen op de stoep. Korte broek, je handen en allebei je knieën open: een verschrikkelijk branderig schaafwondgevoel. Precies dat gevoel heeft Dup nu weer.

Dup voelt steeds meer touw, steeds strakker. Hij kan zich nauwelijks nog bewegen. Wat zijn ze met ons van plan? spookt het door zijn hoofd.

En dan... Ziet hij dat wel goed? Het zal toch niet waar zijn! Ja, hoor. Boris gaat weg. Hij loopt de kamer uit. Misschien is het vreemd, maar Dup wordt nog banger dan hij al was. Hij was als de dood voor die eigenaardige flatgek. Maar om hier alleen achter te blijven met Verwijmeren vindt hij helemaal eng. Die staart vertrouwt hij helemaal voor geen cent.

De laatste kans

De voordeur slaat dicht.

'Zo,' zegt Verwijmeren. 'Die is weg. Opgeruimd staat netjes. Wat zullen we nu eens gaan doen? Even denken. Ja, ik weet het al. Eerst het geld maar eens uit de slaapkamer halen. Blijven jullie hier netjes op me wachten? Ik ben zo terug.'

Met een vervelende grijns loopt Verwijmeren de woonkamer uit.

Rustig blijven zitten. Iets anders kunnen ze niet doen. Twee boekensteunen lijken ze wel, maar dan zonder boeken ertussen. Hun benen zijn stevig aan de stoelpoten vastgebonden. Hun armen op de rug. En bij de minste beweging is er die striemende pijn aan enkels en polsen.

'Kom op, hè, Dup,' fluistert Frans. 'Het komt allemaal goed. Die schijterd doet ons geen kwaad. Let maar op. En dat geld... Ach joh. Er zijn wel belangrijkere dingen. Hij pakt dat geld en hij is meteen weer weg. Zal je zien.'

'Nee, Frans,' fluistert Dup terug. 'Hij gaat niet weg. Dat geld kan hij nooit vinden. Ik heb de envelop in de keuken verstopt.'

Nog voordat Frans iets terug kan zeggen, horen ze een kreet. Een deur wordt dichtgesmeten. Verwijmeren komt woest aangestormd.

'Waar is het geld, Doeve? Vertel op!'

'In de slaapkamer,' zegt Frans rustig. 'Ik heb het netjes teruggelegd in de kast. Gewoon op zijn plek. Je moet alleen goed kijken.'

'Ik heb goed gekeken, plumpudding. Die hele kast heb ik leeg geveegd. Geen envelop! Zeg op, waar is het geld?'

Van pure woede geeft Verwijmeren een keiharde schop tegen de stoel. Dup en Frans krimpen ineen van pijn. De boekensteunen wankelen. Maar alsof Verwijmeren door die schop een onzichtbaar knopje heeft ingedrukt, ringelt er opeens een belletje in Dups hoofd. Hij heeft een idee.

'Boris heeft het geld,' zegt Dup met een dun stemmetje.

'Wat?' snauwt de staart. Hij kijkt Dup aan met ogen, zo fel als die van een adelaar.

'Toen Boris daarstraks binnenkwam, trok hij me meteen de slaapkamer in. Hij pakte al het geld uit de slaapkamer. Eerlijk waar, meneer.' Dup trekt een verdraaid eerlijk gezicht.

Verwijmeren is stomverbaasd.

'Daar geloof ik niks van!' blaft hij.

'Het is echt waar,' zegt Dup met het onschuldigste stemmetje ter wereld.

Je ziet Verwijmeren nadenken. Dan draait hij zich om en wijst dreigend naar Dup. 'En als het niet waar is,' sist hij. 'Als Boris het geld niet heeft, dan krijg je pas echt met mij te maken.'

Verder zegt hij niets. Nijdig beent hij de kamer uit. Op weg naar de flatgek. Dup zucht. Het is een vreemde zucht. Een zucht met een tril erin. Een zucht als die van zijn moeder. Was ze maar hier, denkt Dup. In gedachten staat ze naast hem. Ze snijdt alle touwen los, heel voorzichtig...

Dan flitst er plotseling iets door Dups hoofd.

'Hé, Frans,' roept hij. 'Ik weet hoe we los kunnen.'

Frans draait zijn hoofd ongelovig om.

'Met het mes van de staart. Dat had jij toch? Waar heb je het gelaten?'

Dat was Frans helemaal vergeten. Natuurlijk weet hij waar dat mes is.

'In mijn broekzak,' zegt Frans opgewonden. Hij probeert zijn hand ernaartoe te bewegen. Maar dat lukt niet.

'Laat mij even,' zegt Dup snel.

De jongen strekt zijn armen zo ver mogelijk naar achteren. Met zijn wijsvinger voelt hij de spijkerbroek.

'Iets hoger,' helpt Frans.

Dup schuift zijn hand ietsje hoger. Het is een pijnlijke klus, maar hij zet door. Het moet. Zo snel mogelijk. Direct komt Verwijmeren terug... Nu voelt Dup de broekzak van de meteropnemer. Gelukkig! Langzaam glijdt zijn hand naar binnen. Vreemd is dat. Met je hand in de zak van iemand anders.

'Ja,' kreunt Dup. Hij voelt het mes.

Met de topjes van zijn vingers schuift hij het langzaam naar zich toe. Maar het gaat niet gemakkelijk. De broek zit strak.

Kom op, moedigt Dup zichzelf aan. Opschieten. Beetje voor beetje schuift het mes naar Dup toe. Nog een klein stukje. En dan haalt hij het voorzichtig uit de broekzak.

'Geef maar gauw hier,' zegt Frans.

Dup geeft het mes aan Frans. Niet laten vallen. Dat zou verschrikkelijk zijn. Het is hun laatste kans.

Meteen gaat Frans aan de slag. Razendsnel laat hij het mes over de touwen glijden. Snel, maar wel heel voorzichtig. Uitkijken voor Dups polsen. Op en neer, op en neer. Rafeltje voor rafeltje breekt het touw.

'Sneller, Frans. Sneller,' roept Dup. Hij denkt aan de staart.

Frans heeft zweetdruppeltjes op zijn voorhoofd. Zo spant hij zich in.

Dan knapt het touw. Ongeduldig wringt Dup zich los. Wat is het fijn om je weer te kunnen bewegen. Snel pakt hij het mes om Frans te bevrijden. In een paar snelle bewegingen snijdt Dup het touw doormidden. Nu het touw om hun benen nog. En dan snel de voordeur op slot draaien. Voordat Verwijmeren terugkomt.

Maar juist op dat moment horen ze de voordeur. Hij dreunt hard dicht. De ramen kreunen in hun kozijnen. Bloempotten trillen op de vensterbank.

Dup krijgt kippenvel van schrik.

Weer terug

Met grote passen snelt Verwijmeren door de gang. Hij is woest, laaiend kwaad. Nog nooit heeft hij zoveel moeite moeten doen om aan zijn geld te komen. Maar met Verwijmeren valt niet te sollen. En dat zal hij die dikke en die kleine eens goed laten weten ook. Nijdig geeft hij de kamerdeur een zwiep. Die knalt met een flinke klap tegen de muur. Verwijmerens ogen zoeken Dup en Frans. Maar hij ziet alleen twee omgevallen stoelen en een hoopje touw.

En dan gaat het snel. Nog voordat Verwijmeren zich kan omdraaien, ligt hij al op de grond. Bovenop hem ligt Frans. Met zijn volle gewicht. En dat is wat!

'Vlug, het touw,' roept Frans naar Dup. Hij probeert Verwijmeren in bedwang te houden. Dat valt nog niet mee. De staart is sterker dan Frans dacht.

Met een snelle beweging legt Dup een lus om de pols van Verwijmeren. Meteen geeft hij er een flinke ruk aan. Dat heeft hij van de staart geleerd. Verwijmeren voelt een stekende pijn. Hij wordt er heel even wat rustiger van. Maar niet lang.

Dup gaat vliegensvlug door. Hij draait het touw ook om de andere pols. Een strakke knoop maakt het werk af. Gelukkig is er nog genoeg touw over om Verwijmeren nog beter vast te binden. Lekker strak, want dat deed hij daarstraks zelf ook. Ook zijn benen komen aan de beurt. De staart kan geen kant meer op.

Frans ligt naast Verwijmeren op de grond. Hij hijgt nog na van de worsteling.

'Als je me laat gaan, krijg je duizend euro,' probeert de staart nog even. Maar als Frans doet alsof hij Verwijmerens portemonnee weer wil pakken, krijgt Verwijmeren meteen spijt: 'Blijf af! Dat is van mij!'

'Ja, hoor,' lacht Frans. 'Dat is allemaal van jou. Nog heel eventjes.'

Weer thuis

Dan zwaait de voordeur open. Het is Dups moeder. In paniek stormt ze de woonkamer binnen. Ze schrikt zich wild. Dup zit naast een wildvreemde man op de bank. Midden in de kamer ligt een andere man. Op de grond. Vastgebonden aan handen en benen.

Moeder slaakt een kreet en rent meteen op Dup af. Ze pakt hem stevig vast. Het duurt even voordat ze iets kan zeggen.

'Het is al goed, mam,' zegt Dup met een brok in zijn keel. 'Alles is goed. Frans heeft me geholpen.'

Dups moeder kijkt Frans aan. Een ongeschoren gezicht, vriendelijke ogen en een grote uitgestoken hand.

'Frans, de meterman,' zegt Frans. 'Ik heb de meter- stand al opgenomen, mevrouw Dup. En we hebben ook nog even een staart gevangen.'

Frans glimlacht breed. Hij aait Dup flink over zijn bol.

'Dup is een flinke jongen, mevrouw. Een bovenste beste jongen.'

'Dup,' snikt moeder dan. 'Wat is er allemaal gebeurd, schat?' Ze kust zijn hoofd op wel honderd plaatsen tegelijk. 'Het spijt me zo, lieverd. Het spijt me zo. Ik had het niet mogen doen. Ik had je nooit alleen thuis mogen laten.'

De middagzon schittert in haar ogen. Het is lang geleden dat Dup zijn moeder heeft zien huilen.

Dan begint Dup te vertellen. Het hele verhaal. Van Verwijmeren, van de verzekeringsmeneer die hem niet binnen wilde laten en van de flatgek. Natuurlijk vertelt Dup ook dat Frans hem zo goed geholpen heeft. Als Dup ook over de cola, de koekjes en het bier vertelt, krijgt Frans een knalrood hoofd. Maar Dups moeder vindt het helemaal niet erg. Ze is veel te blij om boos te zijn. Cola is maar cola, koekjes maar koekjes en bier is maar bier. Ook al is het bijna allemaal op.

Beloofd is beloofd

Twaalf trappen naar beneden, vierennegentig treden. Dup gaat niet met de lift. Hij kijkt wel uit. Op de bodem van de blauwe boodschappentas ligt een oude krant. Voor als hij straks misschien moet plassen. Als je pas drie maanden oud bent, kun je dat nog niet zo goed. Je plas ophouden. Daarom loopt Dup heel langzaam, voetje voor voetje, de trappen af. Nee, niet met de lift. Veel te eng!

Fluppie slaapt. Het kleine, bruinwitte hondenbolletje ligt lekker te rusten. Helemaal opgerold. Zijn snuitje op zijn buikje. Lekker warm wiegend mag hij mee. Spelen en rusten, dat heeft hij de hele dag gedaan. En plassen! Hij mocht van Dups moeder alleen maar in de keuken, want daar liggen tegels. De hele dag mocht Fluppie blijven. De hele dag hebben ze met elkaar gespeeld. Dup heeft wel honderd kleine schrammetjes op zijn armen. Wat heeft dat beestje scherpe tandjes. Maar wat hebben ze genoten...

Daar is het. Nummer 132. Dup loopt het smalle, slingerende tegelpad op. Het huis kun je bijna niet zien. Grote struiken zwiepen hun lange takken terug als Dup voorbij is. Een tuin, denkt hij. Wat fijn om een tuin te hebben.

Als hij op de knop van de bel drukt, ziet hij door de grote, grijze ruit een schim dichterbij komen. Dan gaat de deur open.

'Dag Frans,' zegt hij tegen de man op de deurmat.

'Ha-die-Dup, ouwe staartenvanger. Ben je maar alleen? Is je moeder er niet bij?'

'Nee,' antwoordt Dup. 'Mijn moeder niet, maar...'

Frans kijkt de tuin in, maar ziet niemand. Hij kijkt de jongen vragend aan.

'Dat leg ik straks wel uit,' zegt Dup snel. 'Mag ik even binnenkomen?'

'Dat hoef je toch niet te vragen,' glimlacht Frans. 'Ik loop bij jou toch ook zomaar naar binnen.'

Even later zitten ze samen in de keuken. Frans kijkt naar de tas.

'Boodschappen gedaan?'

'N-ja,' zegt Dup geheimzinnig. 'Bij de dierenwinkel.'

'Niks zeggen, niks zeggen. Een olifant! Of eh... een

wurgslang, voor Van der Mijden!' roept Frans. Hij lacht keihard. Zijn buik schudt ervan.

'WWROEF!' klinkt het dan in de tas. Met de meest donkerbruine ogen van de hele wereld kijkt een scheef kopje nieuwsgierig naar Frans. Uit het halfopen bekje hangt een nat, roze tongetje. Twee pootjes steunen op de tasrand.

'WWROEF!'

'Ik wist niet dat jij een hondje had, Dup,' zegt Frans stomverbaasd. 'Hoe heet-ie?'

'Kijk maar,' zegt Dup. Hij wijst naar de ronde, koperen penning aan het rode halsbandje.

'Flup,' fluistert Frans. 'Heet hij Flup?'

'Ja, maar als hij wat ouder is, mag hij zelf een andere naam kiezen,' lacht Dup. 'Kijk eens op de achterkant.'

De dikke vingers van Frans draaien het blinkende hangertje om. Gespannen wacht Dup af. Hij heeft een Sinterklaasgevoel in zijn buik.

Fluppie piept de stilte weg. Kleine, zachte piepjes.

Frans staart naar de penning.

'Maar... dat is mijn adres,' stamelt hij.

Dup knikt.

'En ook jouw hondje.'

Weer is het stil. Dup kijkt naar de grote man met het woelwatertje in zijn handen. Nu lijkt Fluppie helemaal klein.

Een voorzichtige glimlach verschijnt op Frans' gezicht.

'Waarom?' vraagt hij zacht. Hij kijkt Dup met zijn vochtige, bruine ogen aan. Het zijn dezelfde ogen als laatst. 'Waarom, Dup?'

'Beloofd is beloofd,' zegt Dup. 'Ik had het met mezelf afgesproken. Je vindt het toch wel leuk?'

'Leuk? Natuurlijk vind ik het leuk. Prachtig vind ik het!' Hij aait Fluppie stevig, maar wel voorzichtig over zijn bolletje. Vrolijk bijt het beestje in Frans' hand. 'Maar ik snap er niks van,' schudt hij met zijn hoofd.

'Geeft niks,' zegt Dup. 'Grote mensen hoeven niet alles te weten. Ze mogen wel alles eten. Zelfs andijvie!' Plagerig geeft Dup een tikje tegen de dikke buik. 'En als je Fluppie niet kunt uitlaten... Dat kan ik echt heel goed. Ik kan tussen de middag of na school wel een eindje met hem gaan lopen.'

Frans glimlacht stil. Dup is ook blij.

En op de houten tafel tussen hen in staat Flup vrolijk te kwispelen. Midden in een heerlijk warme plas.